LA FIESTA DE LA ARAÑA

Y LAS VOCALES ANIMALES

1.ª edición: septiembre 2020

© Del texto: Mar Benegas, 2020
© De las ilustraciones: Arancha Perpiñán, 2020
© Grupo Anaya, S. A., Madrid, 2020
Juan Ignacio Luca de Tena, 15. 28027 Madrid
www.anayainfantilyjuvenil.com
e-mail: anayainfantilyjuvenil@anaya.es

PAPEL DE FIBRA
CERTIFICADO

ISBN: 978-84-698-6601-6
Depósito legal: M-15490-2020
Impreso en España - Printed in Spain

MAR BENEGAS

ILUSTRADO POR
ARANCHA PERPIÑÁN

LA FIESTA DE LA ARAÑA

Y LAS VOCALES ANIMALES

ANAYA

ARAÑA

LA **A** ES UNA ARAÑA
CON SUS PATAS LARGAS.
SIEMPRE ESTÁ TEJIENDO,
MIENTRAS TEJE CANTA.
SIEMPRE ESTÁ TEJIENDO,
¿QUÉ TEJE LA ARAÑA?
CON SUS PATAS LARGAS
TEJIÓ UNA **BUFANDA.**

LA **A** ES UNA ARAÑA
CON SUS PATAS LARGAS.
SIEMPRE ESTÁ TEJIENDO
Y NUNCA SE CANSA.
SIEMPRE ESTÁ TEJIENDO,
¿QUÉ TEJE LA ARAÑA?
TEJIENDO, TEJIENDO,

YA TEJIÓ UNA **MANTA.**

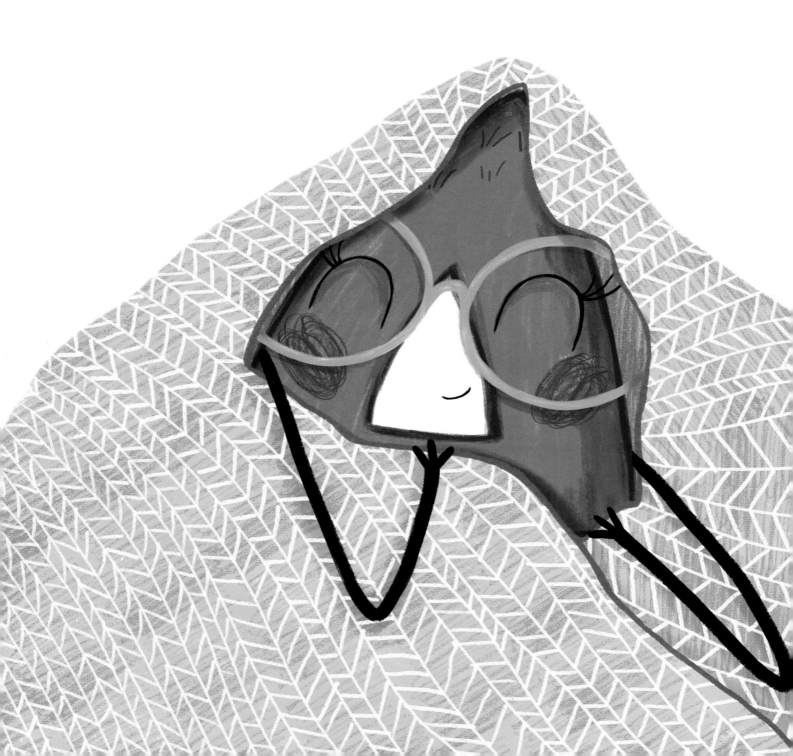

LA **A** ES UNA ARAÑA
CON SUS PATAS LARGAS.
SIEMPRE ESTÁ TEJIENDO,
MIENTRAS TEJE CANTA.
SIEMPRE ESTÁ TEJIENDO,
¿QUÉ TEJE LA ARAÑA?
CON SUS PATAS LARGAS

SE TEJIÓ UNA **CASA.**

LA **A** ES UNA ARAÑA
CON SUS PATAS LARGAS.
SIEMPRE ESTÁ TEJIENDO
Y NUNCA SE CANSA.
SIEMPRE ESTÁ TEJIENDO,
¿QUÉ TEJE LA ARAÑA?

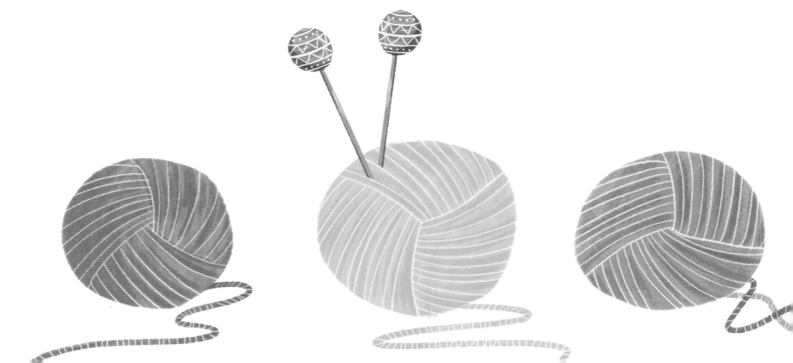

CON SUS PATAS LARGAS
TEJIÓ UNA **MONTAÑA**.
Y **BOSQUES** Y **LAGOS**,
UN **MAR** Y UNA **CHARCA**,
CIUDADES Y **LLUVIA**,
LA **NIEVE** MÁS BLANCA.

SIEMPRE ESTÁ TEJIENDO,
¿QUÉ TEJIÓ LA ARAÑA?
TEJIÓ EL **MUNDO** ENTERO
Y AHORA ESTÁ CANSADA.
POR ESO LA ARAÑA

YA NO TEJE **NADA.**

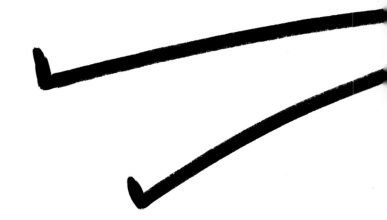

ELEFANTE

ESTE ELEFANTE
ES EL **SEÑOR E,**
Y TIENE UNA **TROMPA,**

¿ES QUE NO LA VES?

ESTE ELEFANTE
ES EL **SEÑOR E,**
TIENE DOS **OREJAS,**

¿ES QUE NO LAS VES?

ESTE ELEFANTE
ES EL **SEÑOR E,**
TIENE CUATRO **PATAS,**
¿ES QUE NO LAS VES?

ESTE ELEFANTE
ES EL **SEÑOR E,**
Y TIENE **COLMILLOS,**

¿ES QUE NO LOS VES?

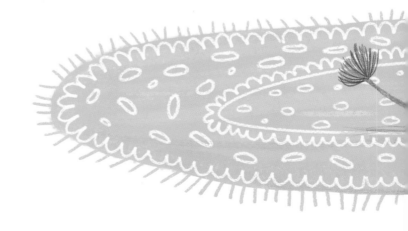

ESTE ELEFANTE
ES EL **SEÑOR E,**
Y TIENE **SOMBRERO:**
¡QUÉ ELEGANTE ES!
SOMBRERO Y **CHALECO,**
¿ES QUE NO LOS VES?

Y POR LAS MAÑANAS,
CUANDO DAN LAS DIEZ,
SE VISTE, SE PEINA,
SE TOMA SU TÉ.
LIMPIA SUS **ZAPATOS:**
¡TIENE MÁS DE CIEN!
USA **PAJARITA:**
LE QUEDA TAN BIEN.
SE PONE EL **SOMBRERO:**
UN SOMBRERO INGLÉS.
AL SONAR LA MÚSICA,
¿ES QUE NO LO VES?
ES UN ELEFANTE

BAILANDO **CLAQUÉ.**

IGUANA

ESTA IGUANA ES **DOÑA I**,
CUIDA UN HERMOSO **JARDÍN**,
DONDE CRECEN **CALABAZAS**,
LUNITA BLANCA Y **JAZMÍN**.

TIENE AROMÁTICO **INCIENSO**
Y **ROSAS** COLOR RUBÍ,
ILUSIÓN DE AROMA INTENSO
QUE DA SU FLOR EN ABRIL.

Y CULTIVA CON ESMERO,
DENTRO DE UN BLANCO BARRIL,
CANCIONES, RISAS Y **JUEGOS,**
QUE ALUMBRA CON UN CANDIL.

TIENE UN **NARANJO** PRECIOSO,
QUE SUENA «TILÍN-TILÍN».
DE SU NÉCTAR TAN JUGOSO,
BEBE EL DULCE COLIBRÍ.

LLEVA PUESTO UN DELANTAL
SUAVE Y DE COLOR AÑIL,
EN SU BOLSILLO HA GUARDADO
LAS MIL FLORES DE **ALHELÍ.**

Y SE ASOMA A SU BALCÓN,
SATISFECHA Y MUY FELIZ:
¡PARECE UN **MAR,** SU JARDÍN!
ENTRE AQUEL VERDE TRAJÍN
DE HOJAS QUE PARECEN **OLAS,**
DE PRONTO SALTÓ UN **DELFÍN.**

OSO

—TOC-TOC.

—¿QUIÉN ES?
—SOY **YO.**

—SOY LA **RUEDA**

Y UN **BOMBÓN.**

—SOY LA **LUNA,**
SOY EL **SOL.**

—SOY LA **LIMA**
Y EL **LIMÓN.**

—SOY LA **NUBE**
Y EL **RELOJ.**

—TOC-TOC.

—**¿QUIÉN ES?**

—SOY LA **O**,
SOY UN **OSO**
JUGUETÓN.
ME DISFRAZO
DE **BALÓN**,
DE **NARANJA**,
DE **BOTÓN**,
DE **CANICA**,
DE **YOYÓ**,
DE **SOMBRERO**
O DE **CANCIÓN**.

URRACA

ESTA **U** ES MUY **MUSICAL:**
UNA URRACA CON SU CHAL,
Y DENTRO DE SU BOLSILLO,
UNA **FLAUTA** CON SU BRILLO.

Y EN LA FLAUTA HAY UNA **TUBA**
QUE TOCA COMIENDO UVA.
EN LA TUBA, SEIS HERMANOS
QUE HACEN SONAR EL **PIANO.**

Y EN EL PIANO HAY UN **ARPA**
SOBRE UN BARCO CUANDO ZARPA.
EN EL ARPA, UN **TROMBÓN**
QUE TOCA UN CAMALEÓN.

Y EN EL TROMBÓN, LA **MARACA**
QUE VA TOCANDO UNA VACA.
EN LA MARACA, UN **VIOLÍN**
QUE SUENA SOBRE UN PATÍN.

Y EN EL VIOLÍN, LA **TROMPA,**
¡TEN CUIDADO NO SE ROMPA!
EN LA TROMPA HAY UN **OBOE**
Y UN RATONCITO LO ROE.

Y EN EL OBOE, UN BOLSILLO
CON SU **FLAUTA** Y CON SU BRILLO,
DONDE LA URRACA ELEGANTE,
MARCHANDO SIEMPRE DELANTE,
HACE SONAR A SU **ORQUESTA.**
¡ESTA URRACA ES UNA FIESTA!

LA FIESTA

—¡QUÉ TARDE TAN ESTUPENDA!
BAILE, MÚSICA Y MERIENDA.
VOY A TEJER UNA FIESTA
CON LA LANA DE MI CESTA.

Y ASÍ, SIN INVITACIÓN
Y PRESAS DE LA EMOCIÓN,
VAN LLEGANDO LAS **VOCALES**
QUE SON TODAS **ANIMALES.**

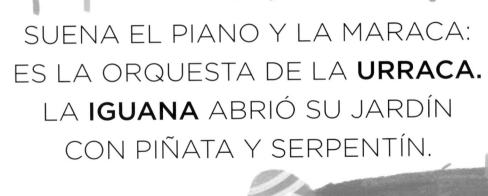

SUENA EL PIANO Y LA MARACA:
ES LA ORQUESTA DE LA **URRACA.**
LA **IGUANA** ABRIÓ SU JARDÍN
CON PIÑATA Y SERPENTÍN.

NADIE RECONOCE AL **OSO**,
¡SE DISFRAZÓ EL MUY TRAMPOSO!
VA VESTIDO DE SOMBRERO
Y SE ESCONDE EN EL PERCHERO.
BAILANDO VA EL **ELEFANTE**,
VESTIDO MUY ELEGANTE.

BAILE, MÚSICA Y MERIENDA,
QUÉ TARDE TAN ESTUPENDA.
¡LA **ARAÑA** TEJIÓ UNA FIESTA
CON LA LANA DE SU CESTA!